„Ich habe immer gedacht,

Glück wäre etwas Großes,

das laut an die Tür klopft.

Aber vielleicht ist es nur ein stilles Gefühl,

wenn alles für einen Moment Sinn ergibt."

Alles, was wir wollen

Eine Geschichte vom Glück

Kurzroman

Moritz von Bockum-Dolffs

Impressum

© 2025 Moritz von Bockum-Dolffs

VON DOLFFS e. K. Alle Rechte vorbehalten.

Syringer Straße 35, 59519 Möhnesee

ISBN: 978-3-8192-0800-3

Verlag: BoD · Books on Demand GmbH,

Überseering 33, 22297 Hamburg, bod@bod.de

Druck: Libri Plureos GmbH,

Friedensallee 273, 22763 Hamburg

www.alleswaswirwollen.de

Für alle,

die sich und anderen

wirklich zuhören können.

Inhaltsverzeichnis

Jonas

Jonas starrte auf die Felder. Die alte Bank hinter dem Haus war sein Rückzugsort. Hier war der einzige Platz, an dem niemand etwas von ihm erwartete. Das trockene, abgesessene Holz knarrte leise, wenn er sich hin und her bewegte, ein Geräusch, das so vertraut war wie das Hämmern der Kirchenglocken im Dorf. Jonas hatte das Gefühl, als würde die Bank ihn stützen, wenn der Rest der Welt ihn mal wieder überforderte.

Seine Krücken lehnten neben ihm an der Bank. Die abgenutzten Griffe waren ein stummer Beweis dafür, wie oft sie ihn schon getragen hatten. Jonas hasste sie, diese ständigen Begleiter, die ihn an das erinnerten, was nicht funktionierte.

Die Felder erschienen ihm als eine matte, trockene Weite, die sich als monotone

Landschaft aus Staub und verbrannter Erde endlos vor ihm ausbreitete.

Jonas dachte an den Herbst, der bald kommen würde – und mit ihm die Notwendigkeit, sich zu entscheiden.

Wie sollte sein Leben nach der Schule weitergehen?

Die Gräser zitterten im Sommerwind, Ähren rieben sich aneinander, ein Falke stand in der Luft, fixierte mit scharfem Blick die ferne Erde. Alles wirkte so ruhig – und doch schien es, als würde in der Ferne etwas auf Jonas warten.

„Hier sitzt du also rum?" Toms Stimme riss ein Loch in die Stille.

Jonas musste sich gar nicht umdrehen. Er wusste, dass sein bester Freund hinter ihm stand – die Hände in den Hosentaschen – und auf den Fußballen wippte. Tom war der Typ, der einfach nie stillstand, selbst wenn er es versuchte.

Jonas wandte nun doch den Kopf und betrachtete seinen Freund. Ein leichter

Sonnenbrand zog sich über Toms Nase und seine Jeans waren an den Knien ausgebleicht – Spuren eines Sommers, der sich nicht darum kümmerte, was als Nächstes kam.

„Mach mal Platz", rief Tom, schwang sich über die Rückenlehne der Bank und landete neben Jonas.

Toms schiefes Grinsen irritierte Jonas mehr als alles andere.

„Guten Morgen, Tom", sagte Jonas leise.

„Morgen?" Tom lachte trocken. „Es ist fast Mittag. Komm runter von deiner Bank. Und überhaupt: Musst du dich immer verstecken?"

Jonas zuckte mit den Schultern. „Ich mag die Aussicht von hier."

„Weißt du, was dein Problem ist?", fragte Tom.

„Nein", sagte Jonas und sah ihn an.

„Du denkst zu viel."

Jonas schwieg.

„Das ist es, Jonas", fuhr Tom fort. „Du sitzt hier und denkst nach, während die Welt sich weiterdreht. Und irgendwann wachst du auf und merkst, dass sie ohne dich weitergemacht hat."

Jonas wollte etwas erwidern, aber er stockte. Er wusste, dass Tom recht hatte, auch wenn er es nicht zugeben wollte.

„Komm mit", sagte Tom und stand auf.

„Wohin?"

„Irgendwohin." Tom zuckte mit den Schultern. „Weg von hier."

Jonas schüttelte den Kopf. „Das geht nicht."

„Natürlich geht das." Tom sah ihn an, die Augen klar vor Überzeugung. „Du denkst immer, du kannst nicht. Aber du kannst. Dein Problem ist, dass du es dir nicht erlaubst."

Diese Worte trafen Jonas härter, als er erwartet hatte. Es war nicht das, was Tom sagte, sondern wie er es sagte – als wäre es die einfachste Sache der Welt.

„Was glaubst du eigentlich, wer du bist?", fragte Jonas.

Tom grinste. „Ich bin der Typ, der weiß, dass es hier für uns nichts zu holen gibt. Also, was hast du zu verlieren?"

Jonas schloss die Augen. „Ich weiß nicht", murmelte er.

„Schon klar", sagte Tom. „Deshalb frage ich dich ja."

Tom wartete nicht auf eine weitere Antwort. Er ging los, den Berg hinunter, die Hände tief in den Taschen, seine Schritte schnell und ungeduldig.

Jonas sah ihm nach. Dann griff er nach den Krücken und zog sich hoch. Der Schmerz in seinem linken Bein war vertraut, fast tröstlich. Er erinnerte ihn daran, dass er lebte.

Der Weg

Die Krücken klackten rhythmisch auf dem steinigen Boden. Jonas' Handflächen pochten. Doch er beschwerte sich nicht, er wollte nicht derjenige sein, der aufgab. Er konzentrierte sich darauf, mit Toms Tempo Schritt zu halten.

„Du bist langsamer, als ich dachte", rief Tom über die Schulter. Er nahm Anlauf und sprang. „Sieben Meter achtzig", rief er.

„Pass auf, dass du nicht abhebst", murmelte Jonas. „Du könntest abstürzen."

Tom hielt an und drehte sich um. „Neidisch?"

„Quatsch. Konfuzius meint: Wenn du es eilig hast, geh langsam. Und ich könnte schneller", ergänzte Jonas trocken, „wenn du mir ein Paar Beine leihst."

Tom lachte sein ungehemmtes Lachen, das durch die Felder hallte. „Klein und gemein, dein Humor. Das ist gut, du wirst ihn brauchen."

Jonas schüttelte den Kopf, aber ein winziges Lächeln schlingerte um seine Lippen. „Dein sonniges Gemüt geht mir ganz schön auf den Geist, du Traum aller Schwiegermütter. – Wohin gehen wir eigentlich?"

„Keine Ahnung", antwortete Tom. „Ist das nicht das Beste daran? Einfach losgehen. Der Rest ergibt sich von selbst."

„Warum habe ich nur das Gefühl, dass Widerrede sinnlos ist? Wenn ich mal ein Buch über dich schreibe, nenne ich es: Tom Taifun – zu laut, um ruhig zu sein."

„Ich wäre für: Der tolle Tom – reißt mit, wo andere nur quatschen." Tom sprang über einen kleinen Graben. „Was machst du da hinten? Trainieren?", rief er, ohne sich umzudrehen.

„Ich habe eine neue Trendsportart entdeckt: Sauniergang im Galopp mit Aussicht auf Ohnmacht."

Tom schlenderte zurück und legte eine Hand auf Jonas' Stirn. „Die Hitze ist nicht dein Problem."

„Was dann?"

„Du denkst zu viel."

„Erzähl mir was Neues."

„Es bleibt auch beim hundertsten Mal wahr", sagte Tom unbeeindruckt. „Du bist hier, aber dein Kopf ist woanders. Immer."

„Ah, du kannst Gedanken lesen. Naturbegabung oder langjähriges Studium?"

„Langjährige Freundschaft, du Trottel. Und jetzt komm. Du wirst sehen: Das Leben wird leichter, wenn du einfach vorangehst, ohne ständig alles zu hinterfragen."

Jonas trottete hinter Tom her. Er trat auf groben Schotter, schwitzte, stöhnte, knickte immer wieder um.

„Mist", schrie er, als eine Krücke im Matsch steckenblieb. „Hast du dir schon mal überlegt, wie anstrengend es für mich ist, dir hinterher zu hecheln?"

Mit ein paar Sprüngen war Tom bei ihm.

Manchmal ist der Pfad voller Umwege. Aber jeder Schritt bringt dich näher zu dir selbst."

„Sagt wer?" Jonas schnaubte.

„Peter Pan. Oder Donald Duck. Oder bestimmt auch Konfuzius, den du so liebst."

„Und was soll das bedeuten? Näher zu mir selbst? Ich wäre schon froh, wenn ich einfach irgendwo ankommen würde, ohne halb zu zerbrechen."

Tom war schon wieder auf und davon, als eine Amsel auf einem Ast direkt vor Jonas' Nase landete und ihn mit ihren Knopfaugen anblickte.

„Glotz nicht so blöd, du Vogel", murmelte er. „Ich weiß doch, dass Tom recht hat."

Die Amsel flatterte davon.

„Das ist unser Ziel", rief Tom und zeigte auf einen großen Baum, der auf dem nächsten Hügel thronte.

Jonas runzelte die Stirn. „Ein Baum?" Er schloss zu Tom auf.

„Nicht irgendein Baum." Tom hob den Zeigefinger und wackelte damit hin und her. „Das ist der größte Baum, den ich je gesehen habe. Wir werden darunter sitzen und uns ausruhen."

Jonas wischte sich einen Schweißtropfen vom Kinn. „Sehr originell. Aber wenigstens schattig."

„Manchmal", erwiderte Tom mit seinem breiten Grinsen, „sind die einfachsten Ziele die besten."

„Einfach …" Jonas schleppte sich bergan, Tom blieb an seiner Seite.

Je näher sie dem Baum kamen, desto imposanter wirkte er.

„Siehst du das? Die Äste berühren den Himmel", sagte Tom strahlend und breitete die Arme aus.

„Ich glaube allerdings, dein Schatten ist größer als der Schatten der Linde", gab Jonas zurück. „Aber ehrlich gesagt ist es mir gerade auch egal, woher die Abkühlung kommt."

„Soll ich dich tragen?"

„Hau bloß ab …"

Ein paar Minuten später sank Jonas auf den Boden und lehnte sich gegen den Stamm. Er spürte die raue Rinde in seinem Rücken, sein Bein pochte.

„Was sagst du dazu?", fragte Tom.

„Wozu?"

„Dass du es bis hierher geschafft hast."

Jonas schwieg, doch dass sein Bein schmerzte, machte ihm Mut. Es zeigte ihm, dass Leben in ihm war.

Tom streckte sich auf dem Boden aus und verschränkte die Hände hinter dem Kopf. „Siehst du? Manchmal lohnt es sich, einfach weiterzugehen."

Jonas sah ihn an und schüttelte den Kopf. „Du bist ein verdammter Optimist, weißt du das?"

Tom lächelte schelmisch. „Und du bist ein verdammter Denker. Aber keine Sorge, ich bringe dir bei, wie man lebt."

Jonas schloss die Augen. Er fühlte die Erschöpfung in seinem Bein und den wohltuenden Schatten. Die Luft roch nach Kamille und Heu. Und für einen Moment vergaß er die Schwere seines Seins.

Toms Plan

Jonas war im Schatten der Linde eingeschlafen und schnarchte. Tom hielt ihm einen Grashalm unter die Nase, der bei jedem Atemzug umherwirbelte. Jonas wedelte mit den Händen und schlug prustend die Augen auf.

„Aufwachen, du Schlafmütze. Es wird kühl", säuselte Tom.

„Halt den Mund", grummelte Jonas und gähnte. „Was willst du eigentlich, Tom?"

Tom blinzelte, doch sein Blick blieb fest auf den Himmel gerichtet. „Was meinst du?"

„Warum schleppst du mich hier raus? Warum das ganze Gerede über Freiheit und Möglichkeiten?" Jonas richtete sich leicht auf.

Tom setzte sich auf, sein Gesicht von einem Hauch von Ernst durchzogen, den Jonas bei ihm nicht oft sah. „Weil ich es satthabe, hier zu sitzen und nichts zu tun." Er deutete mit einer weit ausladenden Geste auf die Felder vor ihnen. „Siehst du das? Diese Felder sind wie ein Käfig. Ein verdammt großer, aber trotzdem ein sehr enger Käfig. Und wir sitzen mittendrin."

Jonas lachte. „Und wie willst du das ändern? Wir können die Felder nicht einfach wegradieren."

„Vielleicht nicht", sagte Tom, blickte in den Himmel und kniff ein Auge zu. „Aber wir können etwas Eigenes schaffen." Seine Hände bauten ein Haus, malten eine liegende Acht, kraulten durch die Nachmittagsluft. „Etwas, das uns gehört. Etwas, das größer ist als diese Felder."

„Etwas Eigenes? Wie stellst du dir das vor?"

Tom sprang auf und zog seine Hose hoch, die ihm wie gewöhnlich ein Stück über den Hintern gerutscht war. „Ich zeig's dir. Komm mit."

Er sah, dass Jonas zögerte, nahm dessen Krücken und streckte sie ihm entgegen. „Hopp-hopp."

„Was soll man machen, wenn sich Entschlossenheit mit Wahnsinn mischt ...", murmelte Jonas und stemmte sich hoch.

Nach einer Weile erreichten sie den verlassenen Teil des Dorfes.

„Hier bin ich schon ewig nicht mehr gewesen", sagte Jonas.

„Bist ja auch ein Stubenhocker."

Jonas blickte sich um. „Dein Vater hat uns früher manchmal hierher mitgenommen, als er noch die Milchfabrik geleitet hat."

„Wenigstens weißt du das noch. Mein Vater erinnert sich wahrscheinlich nicht mehr daran. Er beachtet mich nur selten. Ich passe einfach nicht in das Bild, das er sich von mir gemacht hat. Wir sprechen kaum miteinander, obwohl wir im selben Haus wohnen."

Tom kramte ein Taschentuch aus seiner Hosentasche und schnäuzte sich. „So viele alte, verlassene Gebäude auf diesem Gelände", sagte er. „Daraus lässt sich was machen."

„Schau mal, hier." Jonas versuchte, eins der drittklassigen Graffiti zu entziffern. „Was steht da? Tom und Anna? Diese eingebildete Kuh?"

„Passt doch zur Milchfabrik. Muss aber ein anderer Tom sein", meinte Tom und stoppte vor einem Schuppen, der seine aktiven Tage offensichtlich längst hinter sich hatte. „Das ist es", sagte er triumphierend.

„Das da? Ein alter Schuppen? Das ist dein großer Plan?" Jonas kniff ein Auge zusammen.

„Schau mich nicht an, als hätte ich den Verstand verloren", antwortete Tom und schob die knarzende Tür auf.

Jonas ließ die Krücken fallen und presste die Hände auf die Ohren. „Wie Kreide an der Tafel. Schrecklich. Ich dachte, ich hätte die Schule erfolgreich hinter mir."

„Stell dich nicht so an. Da drin wartet ein Haufen Möglichkeiten auf uns."

Tom bückte sich, hob die Krücken auf und drückte sie Jonas in die Hand. „Na dann lass uns unsere Chancen mal besichtigen."

„Welche Chancen?", fragte Jonas. „Ich sehe nur einen Haufen Schrott und Holz. Hier müffelt es und es schimmelt bestimmt auch."

Staub tanzte in den schwachen Lichtstrahlen, die durch die Ritzen in den Wänden fielen. Jonas drückte auf einen Lichtschalter. „Kein Strom."

Tom wirbelte durch den Raum. „Die Werkbank hat sicher schon einiges erlebt. Siehst du die Kerben und Farbflecken? An diesem schiefen Holztisch sind sie gesessen und haben Ideen geschmiedet."

„Wohl eher Fluchtpläne", warf Jonas ein. „Hier schaut es aus, als wären sie von einer Minute auf die andere abgehauen, irgendwie unheimlich." Er setzte sich vorsichtig auf einen Stuhl und wippte leicht hin und her. „Wir sollten darauf ein Patent anmelden: ein Schaukelstuhl ohne Kufen."

Tom lachte, während er in den Holzresten wühlte. „Ist doch alles gut erhalten. Staub wegpusten, Nägel und Schrauben einsammeln, fertig. Hier drin fangen wir an."

„Womit?" Jonas lehnte sich jetzt auf seine Krücken.

„Mit unserem Plan", erwiderte Tom und kickte einen Blecheimer in eine Ecke.

„Ich dachte, du hast keinen Plan."

Tom grinste. „Jetzt habe ich einen."

Er hob ein ausgefranstes Brett auf und betrachtete es, als hätte er gerade Gold gefunden. „Wir bauen etwas, das die Leute brauchen. Etwas, das sie nicht ignorieren können."

„Und was genau soll das sein?", fragte Jonas trocken.

„Das ist der nächste Schritt", antwortete Tom. „Zuerst machen wir diesen Schuppen zu unserem Ort. Zu unserem Hauptquartier."

Jonas schüttelte den Kopf. „Du bist verrückt. Und kindisch noch dazu. Wir sind doch nicht bei den drei Fragezeichen."

„Mag sein." Tom zuckte die Schultern. „Aber wir lösen trotzdem ein Rätsel. Das Rätsel um unsere Zukunft. Wir haben früher oft zusammen Detektivgeschichten gelesen."

„Ich habe vorgelesen, du hast zugehört", warf Jonas ein.

„Egal." Tom winkte ab. „Es geht am Anfang nicht darum, den großen Plan zu kennen. Wir brauchen nur das erste Puzzleteil, um den ersten Schritt zu gehen. Wenn du deinem Traum folgst, wird der Weg sich schon zeigen."

Jonas sah ihn für einen Moment schweigend an. „Immer dieser erste Schritt", schimpfte er plötzlich. „Es klingt so einfach, wenn du das sagst. Weißt du, wie sich das für mich anfühlt? Als müsste ich einen Berg versetzen, indem ich einen Fuß hebe."

Er sah sich um. Schiefe Wände, überall Dreck. „Dieser Schuppen ist kein Ort, der Hoffnung ausstrahlt."

Tom blickte ihn forschend an. „Du spürst es doch auch", sagte er. „Wenn du etwas willst, aber nicht weißt, wie du es anstellen sollst, wirst du wütend. Seit dem Kindergarten ist das so."

„Du durchschaust mich eben, Tom. Und was soll ich denn gegen deine jahrelange Freundschaft und deinen unerschütterlichen Glauben an deine Vision tun?" Jonas lächelte.

Tom nickte. „Vielleicht ist es auch die leise Stimme in dir, die flüsterte: Tom hat recht. Wir stehen hier am Anfang unseres neuen Weges."

„Also gut." Jonas blickte sich um. „Aber wenn das hier unser Hauptquartier wird, solltest du anfangen, aufzuräumen."

„Deal." Tom klatschte Jonas auf die Schulter. „Aber du hilfst mit."

Der Abend brach an, während die beiden begannen, den Schuppen von Schutt und Müll zu befreien.

„Fertig. Das wird nichts mehr ohne elektrisches Licht", sagte Jonas eine Stunde später und stöhnte.

„Für heute", meinte Tom. „Nur für heute."

Stillstand

Ein paar Kerzen flackerten und erhellten die krummen Schuppenwände.

„Siehst du das?", fragte Tom und breitete die Arme aus. „Die Flammen tun sich zusammen. Gemeinsam leuchten sie viel heller. Das können wir auch. Und dann zeigt sich unser Weg."

Jonas tippte sich an die Stirn. „Ich sehe keinen Weg. Nur dunkle Flecken an rohen Mauern. Ich sehe Werkzeug, das du ohne System in die Ecke gestapelt hast. Ich sehe Arbeit ohne Ende."

„Du siehst nur das Schlechte", sagte Tom. „Wenn du nicht anfängst, anders zu denken, wirst du hier nie rauskommen."

„Und du denkst, du bist der große Retter?"

„Das klingt giftig und verbittert, Jonas. Denk einfach mal darüber nach, wie du dir dein Leben versüßen kannst."

Dann verließ Tom die Scheune und verschwand in der Nacht.

Und Jonas wartete. Er wusste nicht, ob das ein Streit gewesen war oder einfach nur das Ende des Gesprächs.

Die Stille drückte schwer auf Jonas' Schultern. Er hörte seinen Atem. Ein und aus. Ein und aus. Regelmäßig, eintönig, lau. „Stille." Jonas hauchte das Wort in die Dunkelheit. „Stillstand. Flaute. Toter Punkt."

Er nahm eine lose Schraube vom Boden und drehte sie gedankenverloren in der Hand. Er wusste, dass er nicht länger hier sitzen sollte, doch sein Wille schien mit Tom durchgebrannt zu sein.

Jonas blinzelte. Er hörte Schritte. Leise, zögerliche Schritte. War er eingenickt? „Hierher kommt sowieso kein Mensch", murmelte er, um sich selbst Mut zu machen. „Höchstens Tom."

Dann herrschte Stille. Jonas lauschte. Selbst sein Herz schien ein paar Schläge auszusetzen, bevor es im doppelten Tempo weiterklopfte.

Die Tür öffnete sich knarrend und Tom trat herein, die Hände tief in den Taschen seiner Jeans vergraben, das Gesicht ungewohnt ernsthaft. „Ja, Tom", sagte er. „Wer sollte dir sonst so treu sein?"

„Kannst du durch Wände hören?"

„Dich schon." Tom streckte sich. „Hast du mich vermisst?"

Jonas zuckte mit den Schultern. „Vielleicht."

„Vielleicht? Das klingt nicht gerade überzeugend."

Jonas schnaubte. „Was erwartest du? Dass ich dich mit offenen Armen empfange? Du bist schließlich vor …", er griff nach seinem Handy, „vor über vier Stunden ohne Erklärung getürmt."

„Ich hatte etwas zu erledigen. Weißt du, Jonas, ich frage mich, warum wir das hier überhaupt machen."

„Das hier?" Jonas warf einen Nagel in Toms Richtung. „Weil du es wolltest. Ich frage mich schon von Anfang an, was das soll."

Tom sah ihn an, doch Jonas konnte seinen Blick im Halbdunkel nicht deuten.

„Wir haben den ganzen Tag geschuftet und sind kaum vorangekommen", sagte Tom. „Glaubst du wirklich, dass wir etwas ändern können?"

„Sag du es mir. Du hast mich hierhergeschleppt. Du hast das Blaue vom Himmel herunterfantasiert."

Tom knipste sein Feuerzeug an und schwenkte es über dem Kopf.

„Lenk nicht ab. – Moment. Diesen Gesichtsausdruck kenne ich", sagte Jonas, schnappte sich seine Krücken und humpelte zu Tom. „Du platzt ja fast. Was willst du mir sagen? Raus damit."

„Manchmal glaube ich einfach, das Universum spricht nicht mit lauten Zeichen", sagte Tom und grinste. „Es flüstert. Und wir müssen lernen, zuzuhören."

„Und weiter?" Jonas stupste mit seiner Krücke gegen Toms Schienbein.

Tom zog ein Stück Holz aus der Tasche seiner Jacke und begann, mit einem kleinen Messer daran zu schnitzen. Ruhig, fast mechanisch, als brauche er etwas, um die Spannung zwischen ihnen zu lösen.

„Ich hab's halt einfach satt", sagte er.

„Was meinst du?", fragte Jonas

„Dieses Dorf. Diese Felder. Alles. Wir tun so, als hätten wir eine Chance, aber insgeheim wissen wir doch, dass wir hier festsitzen."

„Und was willst du tun?", fragte Jonas.

Tom ließ das Holz fallen und stand auf. „Weggehen. Irgendwohin, wo es anders ist. Ich weiß, wo mein Alter seine Kreditkarte versteckt."

„Klauen und dann weggehen? Das ist deine Lösung? Tom, der widersprüchliche Wandelstern. Gestern wolltest du noch etwas bauen, etwas erschaffen, das größer ist als die

Felder. Mit eigener Kraft, mit eigenen Ideen. Und jetzt willst du einfach abhauen?"

Tom sah ihn an. „Hast du eine bessere Idee?"

„Ja." Jonas klopfte mit seiner Krücke ein paar Mal auf den Boden. „Ja. Denn es gibt keine schlechtere. Aber erst morgen." Er gähnte. „Ich schlafe im Sessel."

Lea

Der Schuppen roch nach altem, modrigem Holz, als Lea die Tür öffnete. Ihre Hand verharrte einen Moment auf der Klinke. Dann machte sie den nächsten Schritt und betrat den Schuppen.

Beide Jungs blickten Lea erstaunt an „Kein Einlass für triefnasse Vogelscheuchen", rief Tom.

Lea strich sich eine Strähne aus der Stirn und blickte auf ihre schlammigen Schuhe. „Schon zu spät."

Jonas richtete sich auf. „Wer bist du?"

„Lea", antwortete sie und sah ihn entschlossen an. „Eure neue Mitbewohnerin auf Zeit."

„Na dann." Tom lächelte. „Willkommen in unserem Hauptquartier. Aber nur für kurze Zeit. Wir können keine Ablenkung gebrauchen, wir haben viel vor."

„Hauptquartier? Seid ihr bei den drei Fragezeichen?"

Jonas prustete.

„Ertappt?", fragte Lea und kickte eine Tube Holzleim zur Seite. „Sieht eher aus wie ein alter Schuppen."

„Details." Tom streckte ihr die Hand hin, doch Lea ignorierte die Geste. Sie strich über die staubige Tischkante.

„Was macht ihr hier?", fragte sie.

„Was machst du hier?", entgegnete Jonas.

Lea zuckte mit den Schultern. „Ich habe den Schuppen gesehen und wollte nicht weiter durch den Regen laufen. Stört euch das?"

„Ja", antwortete Jonas, während Tom „Nein" rief.

Lea drehte sich um. „Ich möchte mich nicht aufdrängen", sagte sie und war schon fast an der Tür, als Tom sie umrundete und ihr den Weg versperrte.

„Du kannst bleiben", sagte er und lehnte sich lässig gegen den Türrahmen. „Aber nur, wenn du uns erzählst, warum du wirklich hier bist."

„Vielleicht bin ich nur neugierig."

„Vielleicht auch nicht", warf Jonas kühl ein.

„Vielleicht solltet ihr einfach weniger Fragen stellen." Lea ließ sich auf den einzigen freien Stuhl fallen und verschränkte die Arme.

„Also ...", begann Tom und ließ sich auf den Boden sinken, „du kommst hier rein, besetzt meinen Platz und tust so, als gehöre dir die Welt. Oder zumindest die Hütte hier."

„Vielleicht gehört sie mir ja", erwiderte Lea schnippisch.

Jonas schnalzte mit der Zunge. „Wohl kaum. Wir haben hier unsere eigene Sache am Laufen."

„Oh, wirklich? Und was ist das?"

„Dein Ton gefällt mir ganz und gar nicht." Jonas nahm einen Schluck aus seiner Wasserflasche.

Doch Tom grinste breit. „Wir bauen etwas Großes."

„Was genau?", fragte Lea.

„Das wissen wir noch nicht", warf Jonas ein, bevor Tom reagieren konnte.

„Ihr habt also keine Ahnung, was ihr hier macht?"

„Manchmal muss man einfach anfangen." Tom blieb gelassen. „Der Rest kommt von selbst."

Lea beugte sich nach unten und schnürte ihre Schuhe auf. „Klingt eher nach Zeitverschwendung."

Tom ließ sich von ihrer Skepsis nicht beirren. „Und was machst du? Warum bist du hier?"

Lea blickte auf, fixierte Tom, schwieg aber. Die Stille zwischen ihnen schwoll an, bis

Jonas sie schließlich unterbrach. „Vielleicht solltest du doch gehen."

„Vielleicht solltet ihr mir danken, dass ich hier bin."

„Danken? Wofür?", fragte Jonas.

„Dafür, dass ich euch daran erinnere, dass ihr keine Ahnung habt, was ihr tut." Lea streifte ihre nassen Schuhe ab und kegelte sie Richtung Wand.

Der Regen rauschte, die Spannung knirschte, Lea raschelte, als sie in ihrem Rucksack kramte und einen Notizblock herauszog.

„Warum bist du wirklich hier?", fragte Tom leise.

Lea hob den Kopf, ihre Augen leuchteten im schummrigen Licht der Kerzen. „Vielleicht, weil ich keinen anderen Ort habe, an den ich gehen kann."

„Jeder hat einen Ort", warf Jonas ein.

„Nicht jeder", entgegnete Lea und richtete sich auf. „Ich bin nicht wie ihr. Ich habe keinen Schuppen, keine Pläne, keine …" Sie hielt inne und sah zur Seite. „Keine Menschen, denen ich vertraue."

Tom nickte. „Ich habe Jonas. Jonas hat mich. Vielleicht willst du bleiben und herausfinden, ob wir zu dir passen."

„Und du zu uns", warf Jonas ein.

Lea musterte beide für einen Moment. „Wenn ich bleibe, dann nur, weil ich sehen will, wie ihr euch lächerlich macht."

Der Regen plätscherte weiter, Lea lächelte.

Dann schwiegen sie. Es war ein wenig, als hätten sie unausgesprochen beschlossen, dass dieser Ort sie für einen Moment zusammenhielt.

Vielleicht auch länger.

Die drei in der Nacht

Der Mond warf sein silbernes Licht durch die Ritzen in den Schuppenwänden. Die Kälte kroch herein. Nachdem sie am Tag für einige Stunden ihre eigenen Wege gegangen waren, hatten sich Jonas, Tom und Lea am Abend um den alten Tisch versammelt.

„Wir brauchen Holz, Nägel und … eine Idee, die nicht kompletter Schwachsinn ist", sagte Tom. „Wir sollten eine Liste erstellen."

„Eine Liste macht noch keine Idee", erwiderte Lea trocken. „Sie ist wie ein leeres Buch. Ohne Geschichte." Sie griff nach ihrem Block. „Nur wer schreibt, der bleibt", meinte sie und notierte, was Tom gesagt hatte.

„Du triffst die Schraube auf den Kopf." Tom grinste.

Jonas blinzelte Lea zu. „Willkommen im verdrehten Denken meines Freundes. Langweilig wird es mit ihm nicht."

Lea legte nach: „Abwarten und Löcher bohren."

Tom prustete. „Man soll die Löcher schmieden, solange sie heiß sind."

„Seid ihr albern." Jonas tippte sich an die Schläfe. „Aber ich hab auch eins: Wo gehobelt wird, fallen Zähne."

„Bei dir schon, du hast ja auch zwei linke Daumen." Tom stupste seinen Freund an.

„So wird das nichts." Lea biss in einen Apfel. „Sauer." Sie schüttelte sich.

Tom zog Leas Block zu sich heran. „Listen bringen uns näher an das, was wir wollen. Das Schreiben klärt die Gedanken. Es fokussiert."

Lea und Jonas schauten ihn erstaunt an.

„Hab ich irgendwo gelesen. Oder gehört", nuschelte Tom. „Irgendwie müssen wir ja starten. – Hei, Jonas, jetzt sitz nicht da, wie bestellt und nicht abgeliefert. Du bist doch hier der helle Kopf."

„Sorry, aber ich durchschaue die Spielregeln noch nicht. Was genau willst du bauen?"

Tom sah auf, seine Augen blitzten im flackernden Kerzenlicht. „Etwas, das die Welt verändert."

„Du bist ein wandelnder Kreis", murmelte Jonas. „Immer wieder dasselbe."

„Spirale", warf Tom ein. „Nicht dasselbe, aber das Gleiche auf immer höherem Niveau."

Jonas seufzte, deutete aber ein Lächeln an.

Auch Lea grinste und lehnte sich zurück. „Vielleicht brauchen die Leute jemanden, der aufhört, in Rätseln zu sprechen."

Jetzt seufzte auch Tom. „Wer braucht schon Klarheit."

Die drei schwiegen. Das einzige Geräusch war Leas Stift, der auf dem Papier kratzte.

Die Zeit rann dahin, bis Tom fragte: „Was kritzelst du denn da?"

„Ich habe eine Idee." Lea schnipste mit den Fingern.

„Und?", fragten Tom und Jonas gleichzeitig.

„Was, wenn wir eben nicht versuchen, etwas Großes zu bauen?", sagte sie fast vorsichtig. „Was, wenn wir einfach etwas nehmen, das wir haben, und es besser machen?"

„Das klingt ziemlich vage", warf Jonas ein.

„Hört zu", rief Lea. „Wir haben diesen Schuppen. Wir haben ein paar Werkzeuge. Warum nicht etwas herstellen, das die Leute wirklich wollen? Etwas Kleines, aber Nützliches."

Tom lehnte sich zurück. „Und was genau stellst du dir vor? Ein Vogelhäuschen? Ein neues Türscharnier?"

Lea rollte mit den Augen. „Denk größer – aber nicht so groß, dass du dich darin verlierst. Etwas, das die Leute hier im Dorf gebrauchen können." Sie blickte in das Halbdunkel des Schuppens. „Wenn wir so etwas finden, kann ich vielleicht daran glauben, dass es Sinn ergibt, was wir hier veranstalten."

„Einen Zauberstab, der Probleme löst?", fragte Jonas scharf.

Doch Lea ließ sich nicht beeindrucken. „Nein, etwas Einfaches, das sie tatsächlich kaufen würden", sagte sie und griff nach einem alten Stück Holz auf dem Boden. „Etwas Praktisches. Einen Anfang, der beweist, dass wir es ernst meinen."

„Tom, du denkst doch nicht ernsthaft über die Andeutungen unseres Gastes nach." Jonas stapfte ungewohnt resolut zum Fenster, riss es auf und streckte den Kopf hinaus.

„Gast?" Lea stand auf und griff nach ihrem Rucksack. „Dann will euer *Gast* euch nicht weiter belästigen." Sie schlüpfte in ihre Schuhe.

„Nun mal langsam mit den jungen Eseln." Tom trat zu Jonas und legte ihm die Hand auf die Schultern. „Das war nicht nett, mein Lieber", sagte er.

„Man muss auch nicht immer nett sein." Jonas schloss das Fenster und drehte sich um.

„Sie weiß genau, wie sie dich anstacheln kann. Aber bei mir wirken diese himmelblauen Blicke nicht."

„Lea." Tom überbrückte mit drei Schritten den Abstand. „Lea, bitte bleib. Wir machen es. Aber nicht irgendwas Halbgares. Wenn wir das machen, dann richtig."

„Und was heißt das?", fragte Jonas skeptisch.

Tom blickte von Jonas zu Lea und zurück. „Das heißt, dass wir bis morgen früh einen Plan haben. Keine halben Sachen mehr."

Jonas grummelte, setzte sich aber wieder an den Tisch. Lea griff nach ihrem Block. Tom grinste.

„Schau", sagte Lea und schob Jonas ein Blatt Papier über den Tisch.

Jonas linste auf die Zeichnung und lächelte.

„Lass sehen." Tom wollte nach dem Block greifen, aber Lea zog ihn zu sich und schlug das nächste Blatt auf. „Privatsphäre ist wohl ein Fremdwort für dich?"

Tom schmollte und schnappte sich einen Schoko-Riegel.

„Halten wir fest: Es sollte etwas aus Holz sein", sagte Jonas. „Dann könnten wir nutzen, was hier herumliegt."

„Richtig", stimmte Lea ihm zu. „Und etwas, das die Leute wirklich brauchen. Ein Tablett zum Beispiel. Ihr baut es, ich bemale es."

„Schreib das auf, wir sammeln erst mal alles." Tom hatte seinen Ärger schon vergessen.

„Rührlöffel", ergänzte Jonas. „Ein Wellholz."

„Puh, ganz schön anspruchsvoll. Rundes Holz." Lea schaute sich um. „Haben wir eine Drehmaschine?"

„Ich glaube, im Nebenraum." Tom zeigte auf eine Tür am Ende des Zimmers. „Aber es gibt immer noch keinen Strom."

„Ihr wollt alles von Hand machen?" Lea kniff die Augen zusammen. „Geht's noch?"

„Ich kümmere mich um Strom." Tom hob beschwichtigend die Hände. „Das wird schon. – Kannst du drechseln?", fragte er Lea.

„Nö, du?" Sie zeigte auf Tom. „Du?" Sie zeigte auf Jonas. „Dacht ich es mir doch. Aber ich schreibe es trotzdem auf. – Weitere Ideen?"

„Vogelhäuschen."

„Schlüsselbretter."

„Kleiderhaken."

„Bilderrahmen."

„Gewürzregale."

„Hocker."

Sie diskutierten, stritten und sammelten, notierten, aßen und lachten. Die Zeit verstrich, doch die Energie im Raum hielt sie wach.

„Das wird großartig", sagte Tom irgendwann mit glänzenden Augen.

Lea schaute ihn an. „Großartig. Aber nur, wenn wir sicherstellen, dass es funktioniert, bevor wir uns feiern."

Tom grinste. „Du bist wirklich ein Sonnenschein."

„Vielleicht drucken wir das auf ein T-Shirt, wenn unser Projekt floppt", erwiderte Lea.

Jonas lehnte sich auf seinem Stuhl zurück, schloss für einen Moment die Augen und atmete aus. Er wusste, dass es nur ein Anfang war, aber es fühlte sich anders an – wie der erste Schritt auf einem Weg, den er noch nie gegangen war.

„Lasst uns endlich anfangen", sagte er leise.

Leas Geheimnis

„Wir sollten langsam schlafen", sagte Jonas und zog sich an seinen Krücken hoch. Sein Bein protestierte gegen die Bewegung, doch er ignorierte den Schmerz. Wie so oft.

Er humpelte durchs Zimmer, ließ sich auf eine Isomatte sinken, die Tom aufgetrieben hatte, und zog eine Wolldecke über sich.

„Schlafen ist was für Leute ohne Träume", sagte Tom mit einem müden Lächeln.

Lea streckte sich. „Schlafen ist was für Leute, die nicht komplett durchdrehen wollen. Und glaubt mir, ihr seid nah dran."

Tom sah sie prüfend an. „Du redest immer so, als hättest du alles im Griff. Warum bist du dann bei uns?"

Lea strich über die Tischkante, für einen Moment versank sie in ihren Gedanken. Dann zuckte sie die Schultern. „Vielleicht habe ich es ja gefunden", murmelte sie.

Die Worte hingen in der Luft wie Spinnweben.

„Vielleicht habe ich es gefunden", wiederholte Lea, noch leiser als zuvor.

„Und was?", fragte Tom.

„Das ist egal", erwiderte Lea scharf und sah ihn streng Blick. „Nicht alles muss gesagt werden."

Tom hob die Hände zu einer versöhnlichen Geste. „Schon gut. Kein Grund, gleich bissig zu werden."

Jonas setzte sich auf. „Du solltest es uns trotzdem sagen. Du bist hier und wir gehören jetzt irgendwie zusammen. Geheimnisse helfen da nicht weiter."

Lea atmete leise aus und zog ihre Schultern hoch. Kurz knetete sie ihren Nacken. „Ihr habt ja keine Ahnung, was ihr da sagt", murmelte sie, als sie langsam aufstand.

Sie öffnete die Tür einen Spalt und ließ die kühle Nachtluft herein. Einen Moment lang schien sie mit sich selbst zu ringen.

„Mein Zuhause", begann sie schließlich, ohne die beiden anzusehen, „ist nicht das, was ihr euch vorstellt."

„Schlimmer als meins kann es sowieso nicht sein", sagte Tom.

„Klappe, Tom." Jonas warf seinem Freund einen giftigen Blick zu und sah dann Lea fragend an. „Was meinst du?"

„Wo ich wohne, ist nicht mein Zuhause", sagte Lea scharf. Sie schloss für einen Moment die Augen und atmete tief ein. „Es gehört nicht mir. Es hat mir nie gehört."

„Wovon redest du?" Tom rutschte auf seinem Stuhl hin und her. Es knarrte.

Lea drehte sich zu ihnen, ihr Blick war klar, aber ihre Stimme zitterte. „Von meiner sogenannten Familie. Von Menschen, die mich aufgenommen haben, aber nie wirklich wollten."

Jonas runzelte die Stirn. „Du meinst also … eine Pflegefamilie?"

Lea nickte, ihre Schultern sanken. „Ja. Wenn man das so nennen kann."

Tom schwieg einen Moment, bevor er vorsichtig fragte: „Was ist mit ihnen?"

Lea zog mit ihrer Fußspitze einen Kreis in den Staub. „Mein Pflegevater trinkt", sagte sie schließlich. „Er hat alles verloren – seine Arbeit, seinen Stolz, seinen Willen. Er ist wie ein Geist, der durch das Haus schleicht. Und manchmal … manchmal wird er laut und wütend."

Jonas zupfte an seiner Lippe. „Und deine Pflegemutter?"

Lea lachte bitter. „Sie ist nicht besser. Sie sucht nach Antworten in irgendwelchen Büchern über Spiritualität und Erleuchtung, dabei übersieht sie alles, was direkt vor ihr liegt. Auch mich."

Tom sank zusammen. „Willkommen im Club", murmelte er.

„Und was machst du?", fragte Jonas.

„Ich bin einfach nur da", entgegnete Lea leise. „Das Mädchen, das sie irgendwann mal aufgenommen haben, weil es gut aussah. Ein Akt der Wohltätigkeit, damit die Nachbarn etwas zu reden haben. – Aber bald bin ich weg. Ein Jahr noch bis zum Abi. Vier Monate, bis ich volljährig bin."

Tom öffnete den Mund. Und klappte ihn wieder zu.

„Es gibt noch etwas", sagte Lea. Ihre Stimme schien aus einem tiefen Brunnen zu kommen. „Vergangene Woche habe ich meine Pflegemutter gesehen ... mit einem anderen Mann. Sie haben sich heimlich in der Stadt getroffen. Ich war zufällig dort und wusste sofort, was los war."

Tom fing an, ein Blatt Papier in winzige Schnipsel zu zerreißen.

Jonas runzelte die Stirn.

„Sie hat eine Affäre." Lea näherte sich dem Tisch, blieb aber ein Stück entfernt stehen. „Schon seit Jahren, glaube ich. Mein Pflegevater ahnt nichts davon. Und – ehrlich gesagt – ich weiß nicht, ob er es je erfahren sollte."

Die drei lauschten den Worten nach. Sie atmeten stilles Verständnis, fühlten verständnisvolle Stille.

Dann stand Tom auf, ging zu Lea und legte ihr eine Hand auf die Schulter. „Das ist viel", sagte er leise.

Lea nickte fast unsichtbar. „Ja, aber es ist nun mal meine Realität."

Jonas rappelte sich auf, wagte ohne seine Krücken hüpfend den Weg bis zum Tisch. „Warum erzählst du uns das alles?", fragte er sanft.

Lea sah ihn an. „Weil ich es niemand sonst erzählen kann. Ihr seid die Einzigen, die nicht so tun, als wäre alles perfekt. Ihr versteht, wie es ist, in einer kaputten Welt zu leben."

Tom senkte den Blick. „In einer kaputten Welt zu leben …", murmelte er und räusperte sich.

„Dann lasst uns unsere Leben reparieren",
fuhr er fort. „Und lasst uns gemeinsam der
Welt zeigen, wo die Schrauben und Nägel
dafür hängen. Wir werden nicht wie sie. Wir
werden wir selbst."

Lea atmete tief durch, nickte langsam und
sagte: „Das klingt … richtig."

Das Café

Die Sonne kroch bereits über den Horizont. Ihre ersten Strahlen wärmten jedoch bisher kaum. Jonas saß auf einem Stuhl und blickte ins Leere. Er fröstelte. In seinem Kopf hallten Leas Worte nach. Sein Rücken krampfte, sein Bein pochte.

Dennoch war er nicht gegangen. Hatte sich nicht zu Hause ins gemachte, weiche Nest gelegt.

Niemand war gegangen. Etwas hielt sie im Schuppen fest. Ein gemeinsames Ziel, eine Idee, ein Entschluss. Etwas verband sie. Wie Kitt, der die Fugen zwischen ihnen mehr und mehr füllte.

Tom lag in der Ecke auf dem Boden, sein Körper still, als würde er schlafen. Doch seine Finger spielten Klavier auf der Decke, seine Zehen tanzten dazu.

Lea hatte sich vor die Werkbank gelegt und unter einer Decke zusammengerollt.

Tom regte sich. „Du bist echt ein Frühaufsteher", murmelte er in Jonas' Richtung und streckte sich.

„Oder du bist spät dran", entgegnete Jonas.

Lea hob den Kopf, die Augen halb geschlossen. „Darf ich die Herren um etwas Ruhe bitten? Ich bin eher Typ Eule."

Tom grinste, während er aufstand. „Oder Vampir ... Du kannst froh sein, dass du nicht auf der Sonnenseite aufgewacht bist."

„Es gibt keine Sonnenseite, wenn man auf dem Boden schläft", erwiderte Lea rau.

„Sommer ist Einstellungssache." Tom sprang auf und machte ein paar Hampelmänner.

„Passt zu dir, die Zappelei", murmelte Lea und lächelte.

Jonas zwinkerte ihr zu.

„Also, was machen wir jetzt?", fragte Tom, ohne auf die Frotzelei einzugehen.

Lea rieb ihr Genick. „Wie wäre es, wenn wir erst mal Kaffee und etwas zum Frühstücken auftreiben?"

„Gute Idee." Jonas griff nach seinen Krücken. Langsam zog er sich hoch und ignorierte, dass sein Bein bei jeder Bewegung protestierte. „Gehen wir ins Dorf. Das Café hat heute offen. Wir können spionieren."

„Du meinst, ob sie dort ein Tablett oder ein Schlüsselbrett brauchen? Lea zog sich ungeniert das T-Shirt über den Kopf. „Gibt's hier eigentlich warmes Wasser?"

„Nur wenn du es aufkochst." Tom rollte seine Isomatte zusammen und schob sie in eine Ecke.

Eine halbe Stunde später trabte Tom über die Wiesen Richtung Dorf, Jonas und Lea trotteten hinter ihm her. Tautropfen perlten auf den Gräsern. „Wie ein Bad in einem Bergbach", rief Tom und pfiff ein Lied.

„Wie hältst du das seit so vielen Jahren aus?",
fragte Lea, die sich Jonas' Tempo angepasst
hatte.

„Ganz einfach: hier rein", Jonas wackelte
mit seinem rechten Ohr, „hier raus." Das
linke Ohr zuckte.

Lea grinste.

„Aber im Ernst." Jonas stoppte. „Er ist
speziell, aber er streicht mein Leben bunt an.
Ohne ihn wäre ich wohl meist farbenblind."

„So einen Freund habe ich immer
gesucht." Lea blinzelte.

„Jetzt hast du ja gleich zwei gefunden."
Jonas lächelte und ging weiter.

„Ja, dich habe ich gefunden." Sie fasste
Jonas am Arm. „Oder?"

„Klar. Aber willst du mich behalten?"

„Mit all deinen bunten Grautönen", sagte
Lea und lächelte. Sie wischte sich über die
Augen.

Schweigend gingen sie den restlichen Weg
bis ins Dorf nebeneinanderher.

Als sie vor dem Café standen, meinte Lea: „Das wirkt echt trist. Die Markise hängt schief, das Schild ist verblasst. Vielleicht sollten wir da ansetzen." Sie rieb sich das Kinn.

„Aber der Kaffee ist unschlagbar", sagte Tom und öffnete Jonas und Lea die Tür. „Willkommen im Paradies." Er deutete auf die drei kleinen Tische, die unregelmäßig im Raum verteilt standen.

„Das ist dein Paradies?" Lea rückte für Jonas den nächstbesten Stuhl zurecht und setzte sich daneben. „Wie sieht dann deine Hölle aus?"

„Banausen", murmelte Tom und winkte der älteren Frau hinter der Theke zu. „Hallo, Frau Huber! Drei Kaffee, bitte."

„Drei starke, heiße Kaffee. Ihr seht aus, als könntet ihr sie brauchen", sagte Frau Huber kurze Zeit später und stellte die Tassen auf den Tisch. Sie sah Lea an. „Du bist neu hier."

Lea zupfte an ihrer Nase und blieb stumm.

„Sei vorsichtig mit diesen Jungs", warnte Frau Huber sie schmunzelnd. „Die haben nur Unsinn im Kopf."

„Seht ihr, ich bin wirklich wie ein Gespenst. Unsichtbar", sagte Lea, nachdem Frau Huber gegangen war. „Als Kind habe ich hier jeden Samstag Brötchen gekauft und nun schaut sie mich an wie eine Außerirdische. Niemand behält mich im Gedächtnis. Das habe ich echt jahrelang perfektioniert. Ziemlich nützlich, wo ich wohne. Ich …"

Tom fiel Lea ins Wort. „An Frau Hubers Tablett fehlt eine Ecke", sagte er völlig zusammenhanglos. „Und das Schild vor der Tür habt ihr gesehen, oder? Damit könnten wir anfangen. Sie kauft uns sicher etwas ab. Sie liebt mich."

Jonas verdrehte die Augen. „Sie liebt höchstens die Vorstellung, die sie von dir hat. Aber egal, es wäre auf jeden Fall ein Anfang. Und vor allem etwas, das wir wirklich umsetzen könnten."

„Hatten wir nicht gesagt, wir frühstücken?"
Lea leckte sich einen Kaffeebart von den
Lippen. „Wo bleibt das Essen?"

Tom sprang auf. „Croissant? Belegtes
Brötchen? Etwas Süßes?"

„Alles", antworteten Lea und Jonas im
Chor.

„Und einen Auftrag von Frau Huber",
ergänzte Jonas, als Tom sich bereits Richtung
Tresen bewegte.

Die Zweifel

Nach ihrer Rückkehr aus dem Dorf werkelten sie im Schuppen. Sie versuchten, ein Tablett zu bauen. Am Abend lag es vor ihnen auf dem Tisch.

„Hübsch …", sagte Jonas. „Das ist mal was anderes."

„Und es ist unser erstes Stück." Tom zupfte an seinem Ohrläppchen. „Frau Huber wird zufrieden sein."

„Aber ich nicht." Lea griff nach dem Tablett und hielt es in die Höhe. Dann bog sie es vorsichtig. Ein Riss zog sich mitten durch das Holz. „Seht ihr?"

Der kühle Hauch des Abendwinds streifte Jonas, umwehte Tom, ließ Lea frösteln. Der unruhige Schein der Kerzen verzerrte ihre Gesichter, während sie um den Tisch saßen.

„Und immer noch kein Strom." Lea drehte eine Schraube zwischen den Fingern und sah Tom an. „Sagt es mir einfach noch mal:

Warum seid ihr so besessen davon, etwas zu schaffen?"

Tom hob den Blick. „Weil wir mehr wollen als das hier. Mehr als dieses Dorf, mehr als diesen Schuppen."

Lea verschränkte die Arme vor der Brust. „Und was, wenn dieses ‚Mehr' niemals genug ist?"

Jonas sah auf und musterte Lea. „Was willst du damit sagen?"

„Ich meine, dass wir dabei vielleicht vergessen, was wir fühlen."

„Das ist tiefgründig, Lea. Aber Gefühle bauen keine Zukunft." Tom richtete sich auf.

„Vielleicht nicht", gab Lea zurück. „Aber sie können die Zukunft zerstören, wenn man sie ignoriert. Jonas, was sagst du dazu?"

Jonas ließ seinen Kopf kreisen. Es knackte. „Kann schon sein, dass wir das alles hier nur tun, um in Wahrheit etwas zu verdrängen."

Tom deutete auf seinen Freund. „Und was verdrängst du so, Jonas? Dass du dir mehr zutrauen solltest? Dass du mehr bist als deine Krücken?"

Jonas atmete er tief durch. „Das hat nichts mit meinen Krücken zu tun. Es geht darum, dass wir so tun, als könnten wir vor unseren Problemen weglaufen, indem wir uns ablenken und irgendwas bauen. Lea hat recht", fuhr er fort. „Wir sind Anfänger. Und selbst, wenn wir etwas schaffen … Was passiert, wenn wir fertig sind? Was kommt dann? Was bleibt?"

„Hoffnung." Tom stand auf und stützte seine Hände auf den Tisch. „Dann bleibt Hoffnung – denn es ist nicht die Welt, die gegen dich arbeitet, Jonas, sondern nur unsere eigene Angst, etwas zu wagen. Ich habe lange gedacht, Träume wären nur etwas für andere, für Menschen mit perfekten Leben. Aber ihre Bedeutung liegt darin, dass sie uns einfach nicht in Ruhe lassen."

„Träume", flüsterte Lea, „was für ein schönes Wort. Aber was, wenn die Realität nie genug ist, um sie zu erfüllen? Wenn wir nicht genug sind? – Wisst ihr, was ich glaube?", fragte sie. „Ich hätte nie bleiben sollen."

Tom runzelte die Stirn. „Wo?"

„Bei dieser Familie", antwortete Lea. Ihre Augen glitzerten. „Sie wollten mich nicht. Das weiß ich. Sie wollten das Richtige tun. Aber es war nie echt. Nicht für sie und auch nicht für mich."

Jonas rutschte auf seinem Stuhl hin und her. „Das hast du schon gesagt. Warum erzählst du uns das noch mal?"

Lea sah ihn mit strengem Blick an. „Weil es mich nicht loslässt. Ich dachte, ich könnte all das hinter mir lassen, aber es verfolgt mich."

Tom ging ein paar Schritte und lehnte sich gegen die Werkbank. „Das klingt, als würdest du dir ein Stück weit selbst die Schuld geben."

„Vielleicht tue ich das", sagte Lea. Sie schloss die Augen. „Vielleicht hätte ich mehr tun können. Mehr sagen. Irgendwas retten."

Jonas schüttelte den Kopf. „Lea, du warst ein Kind. Du hast getan, was du konntest."

„Aber was, wenn das nicht genug war?" Leas Stimme zitterte. „Was, wenn ich nicht genug bin?"

Die Worte verhallten unbeantwortet im Raum.

Tom war der Erste, der sich bewegte. Er ging zu Lea und setzte sich neben sie. „Manchmal ist es das größte Abenteuer, nach Hause zu kommen und es neu zu sehen."

Lea hob den Blick. „Und wenn dieses Zuhause nie ein Zuhause war?"

„Dann liegt die Kraft darin, es trotzdem neu zu sehen. Nicht für sie, sondern für dich."

Jonas nickte und sagte sanft, aber bestimmt: „Es geht nicht darum, alles zu vergessen, sondern darum, es anders zu betrachten – und damit zu leben."

Lea lachte bitter. „Und wie macht man das?"

Tom zuckte mit den Schultern. „Vielleicht, indem man sich erlaubt, einfach weiterzumachen. Indem man sich selbst vergibt und den Mut fasst, etwas Neues aufzubauen."

„Tom hat recht, Lea." Jonas beugte sich über den Tisch und stützte sich mit den Händen ab. „Wir können nicht ändern, was passiert ist. Aber wir können ändern, was noch kommt."

„Aber wie gehen wir es an?", fragte Lea. „Dieser Schuppen, unsere Pläne, unsere Zukunft. Alles fühlt sich so ... zerbrechlich an."

„Zerbrechlich?" Tom schaute fragend auf. „Das hier ist das Einzige, was sich für mich seit Langem echt anfühlt."

Lea senkte den Kopf. „Ich habe so oft versucht, etwas zu ändern", sagte sie. „Aber am Ende stand immer nur mehr Schmerz. Echter Schmerz."

„Schmerz ist kein Zeichen von Schwäche, Lea." Jonas schloss für einen Moment die

Augen. „Er zeigt, dass du dich bewegst, dass du lebst. Ich erlebe das tagtäglich, glaub mir. – Und vielleicht liegt der Unterschied bei dir diesmal darin, dass du nicht allein bist."

Lea hob den Kopf und sah ihn fragend an. „Nicht allein …", wiederholte sie leise.

Tom trat an den Tisch. „Ja, wir haben vielleicht nicht viel, aber wir haben uns. Und das ist mehr, als manche Menschen je hatten."

„Es ist nicht die Vernunft, die uns führt", flüsterte Jonas. „Sondern das, was wir fühlen, wenn wir einen Moment still genug sind, um zuzuhören."

Jonas spürte, wie etwas in ihm ruhiger wurde. Er hatte noch keine Antworten auf all seine Fragen gefunden, aber er versuchte, zu akzeptieren, dass sie weitermachen konnten, auch wenn nicht alles klar war. „Also, was jetzt?", fragte er schließlich.

Tom grinste. „Wir gehen weiter. Schritt für Schritt. Egal, wie klein."

Lea nickte. „Aber diesmal sollten wir wirklich wissen, was wir tun."

Jonas lächelte leicht. „Das wäre zumindest ein guter Start."

Es war, als hätte diese Unterhaltung etwas verändert. Ihnen war klar, dass es nicht perfekt war. Vielleicht war es auch nicht genug, aber es war ein erster Schritt.

Lea streckte ihre Arme aus. Ein leises Lächeln tänzelte um ihre Lippen. „Greift zu, Jungs. Lasst uns unsere Zukunft gestalten. Und wisst ihr was? Ohne Gefühle gibt es keine Zukunft."

Die Dunkelheit umhüllte sie. Es fühlte sich an, als hätten sie gemeinsam einen Schritt nach vorne gemacht.

Der Wendepunkt

„Wir haben jetzt einen Plan", sagte Jonas am nächsten Morgen. Vor ihm lagen ein paar Skizzen, die er in der vergangenen Nacht gezeichnet hatte.

„Und wie genau geht's los?", fragte Lea.

„Indem wir erst mal aufhören, nur darüber zu reden", erwiderte Jonas. „Wir brauchen keinen perfekten Moment für den Start. Unser Moment ist jetzt. Jeder von uns hat etwas beizutragen. Wenn wir unsere Stärken kombinieren, schaffen wir das."

„Große Worte. Aber du weißt, dass das nicht einfach wird, oder?"

„Natürlich", erwiderte Jonas. „Aber es wird Zeit, dass wir etwas riskieren. Was zählt, ist, dass wir uns trauen, unseren Plan umzusetzen."

Tom legte das Holzstück zur Seite, an dem er geschnitzt hatte. „Also gut. Was wird unser erstes Projekt? Das Tablett für Frau Huber ist hinüber – dank Lea."

Lea schüttelte den Kopf. „Wenn es einen einfachen Qualitätscheck nicht aushält, ist es auch nichts wert. Aber keine Sorge, ich habe es heute Morgen schon gerettet. Ich war früh wach, habe es stabilisiert und dreifach verleimt." Sie grinste.

„Was meint ihr?" Lea schob das Tablett über den Tisch. Jonas und Tom betrachteten es beeindruckt.

„Stabil und sieht aus wie neu. Das liefern wir bei Frau Huber ab und holen uns die versprochene Belohnung: Frühstück für alle im Café", rief Tom und hüpfte durchs Zimmer.

„Das ist mehr als ein kleiner erster Schritt", meinte Jonas und reckte einen Daumen in die Höhe. „Vielleicht können wirklich etwas schaffen. Zum Beispiel das hier." Er deutete auf eine seiner Skizzen. „Das wird unser erstes richtiges Projekt. Ein Tisch. Einfach, stabil, funktional. Was haltet ihr davon?"

„Ein Tisch?" Lea lehnte sich lachend zurück. „Das ist dein großer Plan?"

„Wir müssen irgendwo anfangen", sagte Jonas ruhig. „Und ein Tisch ist etwas, das jeder brauchen kann."

Tom nickte. „Okay, dann machen wir das."

Lea grinste. „Ja, warum nicht mit einem Tisch beginnen? Prima Idee."

„Dann lasst uns loslegen", sagte Jonas.

Sie stimmten die nächsten Schritte ab und verbrachten ein paar Stunden damit, die Materialien im Schuppen zu sortieren.

„Ich hab genügend brauchbare Bretter und Nägel", rief Tom nach einer Weile.

„Was wir noch brauchen, sind Holzleim, Schrauben und – endlich Strom." Lea blickte auf ihre Liste. „Wie sieht's damit aus?"

„Müsste bis zum Mittag funktionieren", antwortete Tom.

Jonas koordinierte die Aufgaben. „Tom, kannst du das fehlende Material besorgen? Lea, wir bereiten das Holz vor."

„Das ist mehr Arbeit, als ich dachte", murmelte Lea zwei Stunden später, als sie versuchte, einen weiteren rostigen Nagel aus einem der alten Bretter zu ziehen.

„Niemand hat gesagt, dass es leicht wird", sagte Jonas, ohne aufzusehen. „Aber wir kommen gut voran."

Es war früher Nachmittag, als sie die ersten Teile des Tisches zusammensetzten. Tom arbeitete mit einer alten Säge, während Lea die Bretter abschliff. Jonas korrigierte die Ausrichtung der Tischplatte.

„Sieht aus, als hätte es ein Betrunkener gebaut", sagte Lea, als sie die Beine an den Tisch schraubten.

„Es ist nicht perfekt", gab Jonas lächelnd zu. „Aber es ist ein Anfang."

Lea betrachtete das unförmige Möbelstück und schüttelte den Kopf. „Wir sollten versuchen, es noch ein bisschen ästhetischer zu gestalten."

„Was schlägst du vor?", fragte Tom.

Lea grinste und griff nach einer Dose mit blauer Farbe, die sie in einer Ecke gefunden hatte. „Wie wäre es mit einem Anstrich? Bunt statt braun. Menschen mögen Farbe in ihrem Leben."

„Warum nicht?" Jonas nickte. „Einen geraden Tisch kann jeder Schreiner bauen – wir brauchen etwas, das echt und einzigartig ist."

Lea strich die Tischplatte in kräftigem Blau. Tom experimentierte währenddessen auf einem alten Brett mit Mustern und übertrug sie auf den Tisch, nachdem die Farbe getrocknet war. Jonas stabilisierte die Konstruktion. „Umkippen sollte er trotzdem nicht", meinte er lächelnd.

Als sie fertig waren, betrachteten sie das Ergebnis.

„Das ist … etwas …", sagte Tom zögernd.

„Das ist Kunst – schief, bunt und vollkommen einzigartig." Lea grinste.

„Das ist unser Anfang." Jonas umrundete den Tisch. „Es zeigt, dass wir aus dem, was wir hier haben, etwas schaffen können."

„Und was machen wir jetzt damit?", fragte Lea.

Jonas stöhnte. „Ich bewege mich heute keinen Millimeter mehr von der Stelle."

„Übernimm dich nicht", sagte Lea.

„Bist du jetzt meine Mutter?" Jonas ließ die Schultern kreisen und den Kopf nach vorne pendeln.

„Sorry, war nicht so gemeint. Aber …"

Jonas richtete sich auf. „Danke, dass du dich sorgst." Er lächelte Lea an.

„Wir bringen den Tisch morgen ins Dorf, samstags ist Markt", sagte Tom. „Mal sehen, ob sich jemand dafür interessiert."

„Und wenn nicht?", fragte Lea.

Tom zuckte mit den Schultern. „Dann haben wir halt gelernt, was nicht funktioniert".

Am nächsten Morgen luden sie den Tisch auf einen alten Karren und zogen ihn über die Feldwege ins Dorf.

„Ein Unikat", rief Tom den wenigen Menschen zu, die schon unterwegs waren. „Eine einmalige Gelegenheit."

Ein älteres Ehepaar blieb stehen und fragte: „Habt ihr den Tisch gebaut?"

„Ja, alles handgemacht", antwortete Tom.

„Nach eigenem Entwurf", ergänzte Jonas.

„Persönliches Design." Lea folgte mit einem Finger den Spiralen auf der Tischplatte.

Der Mann fragte: „Steht er auch stabil?"

Tom hob den Tisch vom Karren und schwang sich darauf. Es knarzte. Er sprang ab. „Etwas schief, aber solide."

Die Frau lächelte. „Er ist hübsch, wie viel kostet er?"

Jonas, Tom und Lea schauten sich an. Darüber hatten sie bisher nicht gesprochen.

Jonas reagierte als erster. „Fünfzig Euro", sagte er, ohne weiter nachzudenken.

Die Frau nickte und holte drei Geldscheine aus ihrer Tasche. „Nehmt die sechzig. Ich liebe die Farbe. Der Tisch hat Charakter."

„Dafür liefern wir den Tisch sogar bis vor Ihre Haustür", rief Tom.

Sie schwiegen, als sie den leeren Karren zurück zum Schuppen zogen. Jonas sprach es als Erster aus: „Wir haben ihn wirklich verkauft." Er schaute zum Himmel. „Vielleicht arbeitet das Universum doch auf unserer Seite, wenn wir nur mutig genug sind, an uns selbst zu glauben."

Tom blieb stehen, blickte auf den leeren Karren und dann zu Jonas und Lea. „Ich dachte immer, ich müsste weit weg gehen, um mich selbst zu finden. Aber jetzt weiß ich: Mein wahres Ich lebt längst in meinem

Inneren. Egal, wo ich bin. Und Freunde können beim Finden gut helfen."

„Und ein bunter Recycling-Tisch auch …", meinte Lea.

Tom lächelte. „Genau. Das fühlt sich verdammt gut an. Der Tisch steht für unseren Anfang."

Lea klopfte ihm auf die Schulter. „Deshalb machen wir weiter. Wer weiß, wo unser Weg als nächstes hinführt."

„Ja, wir haben unseren Platz gefunden", sagte Jonas. „Und das Beste daran ist: Wir haben ihn uns selbst geschaffen. Vielleicht hat das Leben doch mehr für uns vorbereitet, als wir bisher dachten, wenn wir einfach bereit sind, es so zu nehmen, wie es ist."

Lea sah zu den Jungs. „Ich kann nicht erklären, warum, aber ich fühle tief in mir, dass das hier irgendwie richtig ist. Dass wir genau so weiterkommen. Vielleicht haben wir tatsächlich eine Chance."

Jonas lächelte. „Die Arbeit am Tisch hat mehr verändert, als ich erwartet habe", sagte er andächtig. „Er ist nicht nur ein Möbelstück, sondern der Beweis dafür, dass wir gemeinsam unsere Realität verändern können."

Tom streckte zwei Finger zum Victory-Zeichen aus. „Und es fühlt sich an wie ein Sieg."

Der Anfang

Jonas blickte sich um. „Unser Hauptquartier hat sich ganz schön verändert." Er lehnte an der Werkbank, seine Krücken in Reichweite.

„Wir haben ordentlich aufgeräumt", sagte Lea und zuckte mit den Schultern.

Jonas neigte bedächtig den Kopf. „Ich meine nicht nur, dass jedes Werkzeug jetzt seinen Platz hat und die Materialien sortiert in den Kisten liegen. Ich fühle diese äußere Struktur auch irgendwie in mir. – Verstehst du, was ich meine?"

Lea nickte. „Irgendwie innerlich mehr geordnet. So geht es mir auch. Etwas in mir hat sich verschoben. Ich fühle mich nicht mehr so leer."

Lea stand neben dem Tisch und drehte einen Kugelschreiber zwischen den Fingern.

Tom saß auf dem Boden und spielte mit einer Skizze.

„Wie wäre es, wenn wir etwas Größeres bauen?", fragte er und blickte auf. „Ein Regal."

„Ein Regal?" Lea lächelte. „Das ist wirklich groß gedacht."

„Warum nicht?" Tom sprang auf.

Jonas nickte. „Ein Regal wäre im Prinzip ein guter nächster Schritt. Einfach, funktional, aber mit Persönlichkeit."

„Persönlichkeit? Es ist ein Regal, Jonas, kein Kunstwerk", warf Lea ein.

„Oder beides", antwortete Jonas. „Wie beim Tisch. Etwas, das zeigt, wer wir sind."

Lea sah ihn neugierig an. „Und wer sind wir?"

Tom lehnte sich zurück. „Wir sind drei Freunde, die versuchen, etwas Sinnvolles zu machen."

„Und das reicht?" Lea zog die Augenbrauen zusammen.

„Mir schon", antwortete Tom. „Für den Moment zumindest."

Jonas nickte.

„Okay, gut", sagte Lea. „Aber ein Regal ist schon etwas komplizierter, deshalb nur unter einer Voraussetzung: Wir machen es wie beim Tisch. Tom ist der Mann fürs Grobe und kümmert sich ums Holz. Ich übernehme die Feinarbeit und das Design. Und, Jonas, du konzentrierst dich darauf, dass das Regal am Ende auch steht und nicht auseinanderfällt."

„Stromausfall", fluchte Tom zwei Stunden später.

„Mist, ein Splitter", maulte Lea, als das Licht wieder ansprang.

„Es kippt", schrie Jonas, als sie das Regal endlich zum ersten Mal aufrichteten.

„Sieht aus wie ein Unfall." Lea schmunzelte.

Tom grinste. „Das haben wir beim letzten Projekt auch gesagt. Und schau, was daraus geworden ist."

„Ein schiefer Tisch", konterte Lea. „Aber gut, lassen wir das mal durchgehen."

Sie sägten, schliffen, schraubten, hämmerten, leimten, pinselten und lackierten bis in die späten Abendstunden.

Erschöpft und schweigend betrachteten sie schließlich, umgeben von Holzspänen und leeren Kaffeebechern, ihr Werk. In einem warmen Grau leuchtete es ihnen entgegen.

„Deine Farbtupfer sind der Hammer, Lea." Tom strich über ein lackiertes Regalbrett. „Glatt und doch mit Struktur."

„Hände weg", schimpfte Lea. „Das ist noch feucht."

„Es ist … besser, als ich dachte", sagte Jonas und klang fast überrascht.

Lea lächelte. „Das ist das größte Kompliment, das du je gemacht hast."

Tom grinste. „Es ist echt. Es spiegelt unsere Persönlichkeiten. Und das zählt. – Kreativ sind wir auch …"

Lea schlug ihm auf die Schulter. „Natürlich, mein Kleiner, ohne deine Träume und Ideen geht's nicht. Und Sorgfalt wird für dich wohl weiterhin ein Fremdwort bleiben. Aber dafür hast du ja uns."

Am nächsten Morgen luden sie das Regal auf ihren alten Karren und balancierten es darauf bis ins Dorf.

Tom mimte den Marktschreier – nur dass kein Markt war. „Handgefertigt", rief er, während sie durch die Gassen zogen. „Handbemalt. Geplant mit Hand und Hirn. Handgeschraubt und handgenagelt."

„Handbekloppt", meinte Lea und ließ den Zeigefinger an ihrer Schläfe kreisen.

„Handbehämmert", ergänzte Jonas und grinste.

Eine junge Frau näherte sich. Sie umrundete das Regal, fuhr die Verzierungen mit den Fingern nach, prüfte die Stabilität, bevor sie fragte: „Habt ihr das gemacht?"

„Ja", sagte Jonas. „Es ist handgefertigt."

„Das ist nicht zu übersehen." Die Frau lächelte und sagte: „Ich nehme es. Helft ihr mir, es zu meinem Auto zu bringen?"

Tom nickte.

„Das fühlt sich gut an", sagte er ein paar Minuten später, als die Frau winkend davonfuhr und er das Geld einsteckte.

„Vielleicht zu gut", murmelte Lea, aber ihre Augen leuchteten.

„Es gibt kein ‚zu gut'", meinte Jonas.

„Vielleicht träume ich und wenn ich aufwache, sitze ich allein in meinem Zimmer." Lea blieb stehen.

„Uns wirst du so schnell nicht mehr los, egal, ob du träumst oder wach bist." Tom schnipste eine Stechfliege von seinem Arm. „Wir schätzen deine Arbeit, wir schätzen dich. Und andere Menschen tun das auch, wie du siehst."

„Was bauen wir als Nächstes?", fragte Lea, als sie später im Schuppen auf der Werkbank saß und mit den Beinen baumelte.

Tom grinste. „Natürlich etwas noch Größeres. Vielleicht einen Schrank."

„Oder eine ganze Möbelserie", schlug Jonas vor. Und für einen Moment überraschte ihn sein eigener Optimismus.

„Wisst ihr, was ich glaube?", fragte Lea. „Dass wir viel mehr schaffen können, als wir denken."

Jonas lachte. „Jetzt klingst du wie Tom."

„Er hat ja auch recht", sagte Lea mit einem Lächeln.

Jonas schwieg, aber in ihm wuchs ein fast unbekanntes Gefühl. War das Hoffnung? All die Arbeit ergab für ihn nicht nur einen Sinn, sie hatte ihn tiefer mit sich selbst verbunden. Und mit Tom und Lea.

Kein Ende

Die Wochen vergingen und mit jedem neuen Projekt wuchs nicht nur ihre Erfahrung, sondern auch ihr Vertrauen ineinander.

Eines Tages kam Tom aus dem Dorf zurück. „Wisst ihr, wie sie uns dort nennen? ‚Die drei im Schuppen.' Wir sind eine Marke. Und das ohne Marketing." Tom grinste.

„In einem Kaff wie diesem braucht man dafür wahrscheinlich nur Rauchzeichen." Lea zupfte an ihrem Ohr.

„Wichtig ist doch", warf Jonas ein, „dass wir etwas schaffen, das uns zeigt, dass Veränderung möglich ist – selbst an einem Ort, der kaum Raum dafür lässt."

„Ich hätte ehrlich gesagt nie gedacht, dass wir überhaupt so weit kommen", sagte Lea leise, aber überzeugt. „Wenn ihr mir am Anfang erzählt hättet, dass wir jetzt an diesem Punkt stehen – ich hätte euch nicht geglaubt."

Jonas legte die Hände auf seine Krücken. „Sogar mein Bein glaubt es inzwischen. Es zieht zwar in mir und an mir, aber jetzt weiß ich auch, warum: Es zieht mich weg von meinen Zweifeln." Er lächelte.

„Und was lernen wir daraus?", fragte Lea.

„Vielleicht, dass es das Wichtigste ist, zu akzeptieren, dass der Anfang immer schwer ist – und dass es nicht die Umstände sind, die uns aufhalten, sondern nur, wie man sie sieht."

Tom lächelte nachdenklich. Er schüttelte leicht den Kopf. „Wisst ihr, was verrückt ist?", fragte er und sah zu Lea und Jonas. „Ich dachte immer, wenn wir das hier durchziehen, dann, weil wir irgendjemandem irgendetwas beweisen müssen. Aber nun ist mir klar, dass wir es nur für uns selbst gemacht haben."

Lea lehnte sich zurück. „Ja, weil wir endlich aufgehört haben, nach dem zu suchen, was uns fehlt. Wir haben angefangen, das zu sehen, was wir haben."

Jonas spürte einen tiefen Frieden in sich. Eine Ruhe, die er beinahe vergessen hatte. „Es sind halt nicht die großen Dinge, die uns verändern", flüsterte er einsichtig. „Oft reicht bloß ein Moment, in dem wir einander zuhören, ein Ort, an dem wir uns sicher fühlen, oder jemand, der uns glaubt."

Tom sah ihn erstaunt an, dann grinste er schief. „Wusste gar nicht, dass du so poetisch bist."

Jonas zuckte mit den Schultern. „Ich bin ein Denker, Tom, erinnerst du dich? Manchmal bringt das doch was."

„Ich verstehe, was du meinst", sagte Lea und lächelte. Sie fühlte sich wohl bei Tom und Jonas. Sie musste nicht still sein oder sich verstellen. Sie konnte einfach sie selbst sein.

„Und nun?", fragte Tom.

Jonas schloss die Augen, holte tief Luft, atmete langsam aus, sah auf und sagte: „Alles, was wir wollen."

Danksagungen

Danke an Anika, Abbi und Beate für eure
Hilfsbereitschaft und den wertvollen
Austausch. Danke an meine Familie und
Freunde, die immer für mich da sind. Ihr seid
meine Inspiration und mein großes Glück